PUBLICATIONS DE LA SOCIÉTÉ FRANÇAISE D'HYGIÈNE

LA
QUESTION ALGÉRIENNE

ACCLIMATEMENT — HYGIÈNE

PAR LE

Dʳ Prosper de PIETRA SANTA

Secrétaire général de la *Société française d'Hygiène*.

PARIS

AU BUREAU DE LA SOCIÉTÉ

30, RUE DU DRAGON, 30

1891

Organe de la Société :

JOURNAL D'HYGIÈNE
CLIMATOLOGIE

EAUX MINÉRALES, STATIONS HIVERNALES ET MARITIMES, ÉPIDÉMIOLOGIE

Bulletin des Conseils d'Hygiène et de Salubrité

PUBLIÉ PAR

Le Dr PROSPER DE PIETRA SANTA

30, rue du Dragon.
PARIS

PUBLICATIONS DE LA SOCIÉTÉ FRANÇAISE D'HYGIÈNE

LA
QUESTION ALGÉRIENNE

ACCLIMATEMENT — HYGIÈNE

PAR LE

Dr Prosper de PIETRA SANTA

Secrétaire général de la *Société française d'Hygiène.*

PARIS
AU BUREAU DE LA SOCIÉTÉ
30, RUE DU DRAGON, 30
—
1891

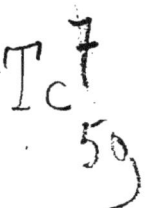

LA

QUESTION ALGÉRIENNE

ACCLIMATEMENT — HYGIÈNE

La Presse politique de Paris, de toutes nuances, vient de consacrer des comptes rendus compendieux aux séances du Sénat, à propos d'une interpellation de M. Dide *sur le Gouvernement de l'Algérie.*

Loin de nous la pensée de résumer ici les intéressants discours des adversaires et des partisans du régime colonial actuel. Les uns, et les autres, s'efforceront sans doute de faire triompher leurs opinions en prenant part à l'enquête de la Commission parlementaire d'études, enquête qui, comme conclusion des débats, a été votée à une forte majorité par l'illustre assemblée (1).

En nous plaçant sur le terrain de l'acclimatement et de l'hygiène, il nous paraît opportun de reproduire la note que nous avons eu l'honneur de lire, sur ce sujet, à la Section d'Économie politique et sociale du Congrès des Sociétés savantes (à la Sorbonne), présidée par M. Ém. Levasseur, dans la séance du 25 mai.

En démontrant, une fois de plus, la justesse et la

---

(1) *Commission sénatoriale de l'Algérie* : MM. Francisque Reymond, Franck-Chauveau, général Deffis, Cabanes, Guichard, Clamageran Combes, Émile Labiche, Berthelot, Isaac, Dide, Mauguin, général Billot, Hugot, Pauliant, Challemel-Lacour, Jules Ferry et Cès-Caupenne.

vérité de nos affirmations antérieures (1860-1876-1878), nous croyons montrer la voie, qui, de par l'histoire, de par la science sanitaire, et de par l'expérience acquise, peut seule conduire la colonie à un avenir durable et prospère !

MESSIEURS,

« Les deux points de la question algérienne sur lesquels je désire attirer quelques instants votre bienveillante attention, et qui rentrent dans le cadre de mes études, visant l'*acclimatement* et l'*hygiène*, permettez-moi de formuler, tout d'abord, les propositions qui font l'objet de la présente communication.

1° L'acclimatement de l'Européen en Algérie est un fait réel, incontestable.

2° Cet acclimatement se fera dans des conditions d'autant plus favorables, que l'immigrant, et le colon, voudront s'astreindre aux règles salutaires édictées par l'hygiène privée et l'hygiène publique.

3° Les idées de fusion de sang français et de sang arabe, les velléités de l'*Empire arabe*, ne sont que de malheureuses *utopies*.

4° Les seuls croisements à favoriser, parce qu'ils sont plus faciles, plus immédiats, plus susceptibles de fournir, dans un avenir prochain, une race française acclimatée, sont ceux qui auraient pour facteurs des rameaux de la race latine du bassin méditerranéen, et plus spécialement des Maltais, des Provençaux, des Corses, des Languedociens.

5° Ainsi constituée, cette race franco-algérienne, fille de la France, sœur des autres puissances latines, leur donnera la main, formera un faisceau compact, et deviendra le meilleur boulevard contre les envahissements du flot montant du Germanisme !

I

Dès les premières années de la conquête d'Alger, la question de l'acclimatement africain s'est posée dans les Conseils du Gouvernement, dans les deux Chambres, dans la Presse politique et scientifique.

La négative a été soutenue par Boudin, Vital et Bertillon, pendant que l'affirmative était défendue par Bonnafont, Perrier, de Quatrefages, et général Faidherbe.

Négative. « Les enfants nés dans le pays, de père et mère européens, sont impitoyablement moissonnés ; les enfants nés, de père et de mère nègres, sont plus maltraités encore. » (Dr VITAL.)

« Cette terre promise ne produit même pas le blé nécessaire à l'alimentation de la population européenne. » (Dr BOUDIN.)

« Les faits empruntés à l'histoire des migrations des peuples, paraissent défavorables à l'acclimatement africain. Les Barbares venus du Nord n'ont pu s'acclimater ni en Espagne, ni en Italie. Les Vandales passés en Afrique y ont disparu en moins d'un siècle. Les Romains eux-mêmes, malgré des efforts persévérants, et des envois répétés de colonies militaires, n'ont laissé d'autres traces de leur domination de sept siècles sur le sol africain que des ruines. » (Dr BERTILLON.)

Dans l'article ACCLIMATEMENT du *Dictionnaire encyclopédique des sciences médicales*, Bertillon repousse l'idée du cosmopolitisme de l'homme. « Aucune race, écrit-il, n'est apte à vivre dans tous les milieux : ou bien l'acclimatement s'opère sur la même ligne isotherme, ou bien il se fait artificiellement par un métissage, substituant à la race immigrante une race nouvelle dont la qualité et la durée ne peuvent être préjugées. »

Le Dr Bordier, dans son cours de Géographie médicale à l'Ecole d'anthropologie de Paris, en se basant sur la thèse transformiste, s'efforce de montrer « l'inanité du rêve des acclimateurs empiriques qui se flattent d'acclimater un individu vivant, en espérant qu'il ne se transformera pas, et qu'il gardera les qualités qu'il avait dans son pays d'origine ».

Affirmative. — Le Dr Bonnafont a démontré l'existence sur le sol d'Afrique d'une population civile romaine. « La propriété romaine, écrit saint Augustin, fut lente à s'y établir, car les Romains attendaient prudemment que la conquête fût complète pour se substituer aux propriétaires du pays, mais une fois commencée cette substitution fut rapide, et la propriété s'organisa en Afrique, comme elle s'était établie en Italie. »

Le général Faidherbe explique, en ces termes, la persistance dans la Kabylie, de ce type vandal que Bertillon considérait, à tort, comme perdu.

« Les blonds, dont certaines tribus kabyles sont issues, venaient du Nord. Les blonds du Nord subjuguèrent les Lybiens indigènes, s'allièrent à eux, adoptèrent leur langue, et finirent par se fondre au milieu d'eux par croisement. »

Envisageant la question au point de vue médical, Perrier, inspecteur du Service de santé de l'armée, affirmait : « que l'ignorance et la dégénération de l'homme ont seules suscité la décadence agricole, et l'invasion des épidémies. »

M. de Quatrefages, qui a toujours professé la réalité de l'acclimatement européen, déclarait, dès 1867 : « que les populations les plus propres à s'acclimater en Algérie sont celles venues d'Espagne, de Malte, et de nos provinces méridionales. Les Provençaux et les Catalans ont un avantage marqué sur les Flamands et sur les Allemands. »

Ajoutons, enfin, que les recherches archéologiques de Berbrugger, Foy, Charbonneux et Bertherand, portent à 43 ans 7 mois la vie moyenne dans cette partie du globe, par le fait d'une proportion notable d'octogénaires, de nonagénaires et de centenaires (8, 4 et 6 0/0).

Notre optimisme, à l'endroit de l'acclimatement algérien, repose sur trois ordres de faits : L'histoire (A), la statistique (B), les résultats obtenus (C).

A. — Du temps des Romains, l'Afrique était salubre; siège de colonies puissantes, elle formait, avec la Sicile, le grenier d'abondance de Rome.

« *Romam magnâ ex parte sustentabat Africæ fertilitas.* » (TACITE.)

« Les hommes, écrivait Salluste, y sont sains, agiles, résistants à la fatigue. »

D'après Sénèque « on n'y meurt que de vieillesse ou d'accidents ».

Le mélange de races, Arabes, Kabyles, Maures, Turcs, Nègres, etc. démontre, à l'évidence, que le pays a subi de fréquentes invasions, et qu'à chaque période les envahisseurs se sont établis sur le sol en s'y perpétuant.

« Quand un pays, écrit Em. Carrey, a pendant des millions d'années attiré successivement sur son sol des émigrations de peuples divers, quand presque tous ont préféré perdre leur nationalité, et se fondre dans les nouveaux dominateurs du pays plutôt que d'émigrer, il faut bien que ce pays ait des vertus, ou, tout au moins, des fascinations étranges. »

B. — Le premier fait important relevé par la Statistique, c'est l'*immigration croissante*; le second c'est l'augmentation de la population par ses voies naturelles : plus grand nombre de naissances et diminution des décès, surtout aux premiers âges de la vie.

« L'immigration, écrivait le duc d'Aumale, n'est qu'un moyen transitoire de peuplement, et c'est de la vitalité des créoles, ou enfants européens nés dans le pays, que dépend essentiellement le succès de la colonisation. »

Dans cet ordre d'idées, et sans s'attarder à dresser des relevés et tableaux statistiques, l'on peut enregistrer avec confiance ces résultats généraux :

Pendant la première période de l'histoire de l'Algérie, elle n'arrive pas à équilibrer ses pertes par les naissances ; l'élément féminin fait défaut, et alors qu'on comptait en Europe 101 à 102 femmes pour 100 hommes, il n'y avait là-bas que 59 femmes pour 100 hommes.

Dans la deuxième période, vers 1845-1850, les naissances l'emportent faiblement sur les décès (pour 1000 habitants le taux de natalité est de 37, et celui de léthalité de 36).

Pendant la troisième période (époque actuelle), malgré les calamités qui ont été si funestes à l'élément indigène (le choléra, la famine, l'insurrection), les chiffres proportionnels des naissances et des décès s'écartent de plus en plus ; les premiers oscillent entre 39 et 40 0/00, pendant que les seconds descendent progressivement à 34, 33 et 32 par 1000 habitants.

C. — Les faits qui démontrent l'influence constante de l'assainissement, résultat des emménagements des terrains (drainages, irrigations, etc.), et de la grande culture, sont aujourd'hui très nombreux. Ils nous autorisent à proclamer cette vérité :

« L'insalubrité, quand elle est engendrée par des causes appréciables, ne résiste pas à la main de l'homme puissamment aidé par les enseignements du génie rural. »

De nos jours, les deux exemples plus probants sont,

sans contredit : l'assainissement des Maremmes Toscanes, et la transformation des Landes de Gascogne.

Parmi ceux que nous fournit l'Algérie, viennent en première ligne : le domaine des Trappistes à Staoüeli, la plaine de Moustapha près d'Alger, les villes et villages de Bouffarick, Aïn-Taya, Fondouck, Koleah, Marengo, etc. etc.

II

Quelles sont les alliances qu'il convient aux Français de contracter, pour obtenir une descendance pouvant se maintenir par voie d'acclimatation ?

Le premier moyen qui se présentait à la pensée consistait à favoriser le mélange du sang français avec le sang arabe ou berbère ; mais, pour prouver combien il est illusoire, il suffit de constater par les chiffres que les races autochtones semblent frappées d'une dégénérescence marquée, peut-être irrémédiable.

Etablissons, tout d'abord, que les indigènes se divisent au point de vue religieux en Musulmans et en Israélites. Les musulmans comprennent les Arabes, les Maures, les Koulouglis et les Nègres.

Les Arabes ne forment pas une unité ethnique, et l'on reconnait effectivement sous cette appellation générique deux types parfaitement distincts :

1° Les Arabes proprement dits qui, venus de l'Asie au viie siècle, conquirent le nord de l'Afrique et le convertirent à la religion de Mahomet. Leur état social est franchement aristocratique et théocratique. Indolents, contemplatifs, polygames, nomades, ils ne forment que le 1/15 environ de la population indigène.

2° Les Berbères (Kabyles, Chaouia, Béni-Mzab, Mozabites), plus anciennement établis sur le sol, y vivant dans la proportion de 75 0/0 environ. Leur organisation politique est toute démocratique et fédérative. A l'encontre de

*

l'Arabe, le Kabyle est propriétaire, actif, individuel, monogame, industriel.

Pour parfaire le premier groupe viennent ensuite, dans une proportion relativement minime, les Maures habitants du littoral, à peau blanche et d'origine incertaine ; les Koulouglis, mélange des Turcs conquérants avec les Arabes indigènes ; enfin les Nègres, venus de l'intérieur de l'Afrique, tous esclaves ou fils d'esclaves.

Les Israélites, qui forment plus du tiers de l'élément indigène, portent le type caractéristique de la race juive, et fournissent sur le sol africain, comme partout ailleurs, la preuve la plus péremptoire du cosmopolitisme de l'homme. Elle reste ainsi, pour la démographie, un sujet d'étonnement au point de vue de sa vitalité considérable, de sa longévité proverbiale, de sa quasi-immunité au cours des épidémies les plus meurtrières. Quant à sa fécondité, elle a atteint, pendant la dernière période quinquennale, le chiffre presque incroyable de 13 enfants par mariage, alors que pour les Européens la moyenne est de 4.40.

Voici, maintenant, le saisissant parallèle établi par M. F. Schrader pour combattre l'idée de l'assimilation entre Européens et Arabes :

« L'Européen est foncièrement sédentaire ; l'Arabe est foncièrement nomade ;

» L'Européen est cultivateur ; l'Arabe pasteur ;

» L'Européen fonde ses raisonnements sur l'observation des faits, l'Arabe sur des sentiments mystiques ;

» L'Européen recherche le progrès ou le changement, l'Arabe se complait dans le rêve ou l'immobilité ;

» L'Européen tend, de plus en plus, à la démocratie et à l'individualisme, l'Arabe est ancré dans la constitution patriarcale et aristocratique de la famille et de l'État.

» Il n'est pas un de nos modes d'action, ou de pensée, qui ne diffère profondément des siens. Ajoutons que sa vie civile tout entière est réglée par ses conceptions religieuses, et leur emprunte leur caractère absolu et guerroyant, on pourrait presque dire inexorable. L'Arabe parlera depuis longtemps notre langue (si nous consentons enfin à la lui enseigner) qu'il exprimera encore dans cette langue des pensées différentes des nôtres.

» De ce côté, il est permis de craindre que les pessimistes n'aient un peu raison, et que les deux races ne soient condamnées, pour un temps du moins, à se coudoyer, à se supporter, à s'estimer peut- être, sans parvenir à se rejoindre. »

III

Quels sont les enseignements que nous fournit la statistique sur les deux éléments en présence : l'élément indigène et l'élément européen?

Pendant les premières années de la conquête, on évaluait le premier à 3 ou 4 millions d'âmes.

Le recensement de 1857 le réduisit, en fait, à 2,660,000 :

> 1,300,000 Arabes des tribus ;
> 1,000,000 Berbères ou Kabyles ;
> 112,000 Arabes des villes ;
> 48,000 Koulouglis, nègres, etc.

L'élément européen était représenté, à ce moment, (1857) par 180,000 âmes, dont 107,000 Français.

Depuis cette époque, se sont accentuées, d'année en année, d'une part la diminution de l'élément indigène (1), et de l'autre l'augmentation de l'élément européen (2).

---

(1) Parmi les causes les plus efficientes, il faut compter : en 1866, une terrible invasion de sauterelles ; en 1867, une épidémie de choléra-morbus ; en 1868, la famine, conséquence naturelle des désastres des deux années précédentes, et qui a occasionné plus de 30,000 décès ; en 1870, l'insurrection avec sa terrible répression.

(2) En 1872, le chiffre de la population immigrante s'élevait à

Et c'est en présence de ces deux faits démographiques inéluctables qu'au Congrès international d'Hygiène de Paris, en 1878, le Dr Landowsky, appuyé par le Dr Bertillon, venait encore parler de croisement possible des Européens avec les Arabes, pendant que le Dr Bordier le limitait au métissage des Kabyles avec les Français (1).

Il faut d'autant plus renoncer à ces décevantes illusions, que l'expérience de ces soixante années d'occupation est là pour nous montrer qu'Arabes et Israélites, Turcs et Nègres, n'ont emprunté jusqu'ici, à notre civilisation, que ses éléments de libertinage et de démoralisation, avec leur cortège ordinaire, la syphilis et la phtisie (2).

Les préceptes intelligents de la Bible, comme les lois du Koran si sages, si adaptées à la contrée et à la constitution physique et morale des individus, sont pour eux tous devenus lettres mortes !

En résumé, toute idée d'assimilation du peuple arabe, de fusion de la race vaincue dans la race conquérante, doit être repoussée par ces deux arguments sérieux :

1° L'abâtardissement de la race arabe (fait indéniable, incontesté).

2° La différence de religion qui sera, longtemps encore, un obstacle entre l'union des chrétiens et des mahométans (3).

245,000 âmes, et depuis, l'augmentation annuelle moyenne peut être calculée à 6,000 personnes.

(1) « C'est sur les Kabyles que repose l'avenir de la Colonie. En épousant des femmes kabyles, descendant des anciens Lybiens, les Français blonds ne croisent pas deux races. »

(2) Avant 1830, la phtisie était une maladie exceptionnelle sur tout le littoral africain ; aujourd'hui, elle occupe une place importante dans les tables de mortalité.

(3) « Le pèlerinage de la Mecque, et l'influence du Marabout, seront toujours, d'après le commandant Payen, de très grands obstacles à notre domination et à notre fusion de races. »

IV

Pour établir, sur le sol algérien, une race française acclimatée, quels sont donc les croisements plus directs, plus immédiats à tenter ?

Sur ce point, une observation rigoureuse des faits, une étude approfondie des conditions d'existence, un contrôle scientifique des données de la statistique, offrent la solution du problème, en montrant la fécondité merveilleuse, et la résistance vivace des races latines, originaires du bassin européen de la Méditerranée.

Celles-ci n'ont eu à subir que ce que l'on appelle, avec raison, *le petit acclimatement* ; de plus, en nous reportant par la pensée aux exploits et à la domination des Maures et des Sarrasins, en Espagne, dans le midi de la France, dans les îles de Corse et de Sardaigne, ne pouvons-nous pas admettre que ces diverses populations ont retenu, à travers les siècles, les vertus de l'organisme africain, dont elles ont reçu jadis l'héritage ?

Nous avons dit, plus haut, que M. de Quatrefages regarde les populations venues d'Espagne, de Malte, et des provinces méridionales de notre France, comme les plus propres à s'acclimater en Algérie. A l'appui de son opinion, il fait remarquer que les villages algériens de Tells-Aïn-Sultan, de Chéragas, de Bois-Sacré, fondés par les habitants du Var et du comté de Nice, sont ceux qui ont le plus rapidement prospéré.

Du reste, les récentes études de M. René Ricou sur la ville toute française de Philippeville sont venues jeter une lumière sur ce problème toujours palpitant d'actualité. « Avant un siècle, écrit-il, grâce à l'acclimatation par voie de croisement, il se sera créé à Philippeville une race nouvelle, vivace et brillante, attachée indissolublement au pays, sans arrière-pensée d'attachement ou de retour à la patrie des ascendants.

» Si l'on veut que chez cette race devenue autochtone le sang et le nom français prédominent, il est indispensable de pousser aux alliances entre toutes les races méridionales de l'Europe.

» C'est l'Italien qui, à Philippeville, accuse la plus belle prospérité.

» Nos pères, en débarquant à Philippeville, n'y ont trouvé qu'un camp établi sur les ruines romaines de l'ancienne Busicada. Il leur fallut coucher sur la dure, puis sous les baraquements, sur un sol reposé depuis des siècles, car la tribu des Béni-Melek qui l'occupait à notre arrivée, abritée sous de misérables gourbis, y cultivait quelques figues seulement ».

V

Cette étude sur la vitalité et l'avenir de la colonisation algérienne resterait nécessairement incomplète, si je n'indiquais pas ici les principales causes de l'insuccès des premières émigrations.

Celles-ci se trouvaient formées :

— Par cette foule de désœuvrés et de déclassés qui s'accumule dans les grandes villes, ne présentant d'ordinaire ni force physique, ni énergie morale.

— Par une nuée de spéculateurs éhontés, de prêteurs à la petite semaine, venant s'enrichir des modestes économies du travailleur ;

— Par ces caravanes nombreuses d'hommes jeunes et vieux, de femmes adultes et décrépies, d'enfants sains et infirmes, quittant en masse le pays natal, sans se préoccuper des ressources pécuniaires dont elles pouvaient disposer, sans connaître le lieu de leur future résidence, enfin sans compter dans leurs rangs les divers corps de métiers, et les ouvriers de l'installation des premiers jours.

Avec de pareils éléments de colonisation, on courait infailliblement aux désastres.

Ce fâcheux état de choses s'est prolongé jusqu'à l'époque du gouvernement civil du général Chanzy qui, éclairé par les fautes du passé, et préoccupé avant tout des légitimes exigences de l'hygiène publique, avait inscrit dans son programme de régénération de la Colonie, la nécessité absolue de choisir, pour chaque centre à créer, une situation assurant entre autres conditions de premier ordre la salubrité des eaux potables, et un état hygiénique satisfaisant.

Et pourtant, cette situation déplorable n'avait pas échappé à la perspicacité des médecins hygiénistes.

« Un pays une fois conquis, avait dit le Dr Bonnafont, l'ennemi une fois refoulé et vaincu, l'hygiène devrait être la question dominante, tandis qu'elle ne vient que comme accessoire au milieu des exigences militaires et administratives, comme si la santé n'était pas la première condition de l'homme pour remplir tous les autres devoirs. »

Nous-même, en félicitant de son fécond programme le très regretté général Chanzy, membre honoraire de notre Société française d'Hygiène, n'avions pas craint de lui écrire :

« Ce qu'il importe, avant tout, c'est de donner une impulsion salutaire et intelligente à l'hygiène publique (travaux spéciaux d'assainissement, établissement des routes, rues larges et aérées, puits artésiens, barrages, fontaines, abreuvoirs, plantations d'eucalyptus et d'arbres à essences résineuses le long des routes et autour des villages, etc.).

« L'hygiène publique, une fois le village occupé par les colons, réclame une surveillance, un contrôle incessant assuré par un délégué médical instruit, astreint à de fréquentes tournées, à l'effet de porter son attention sur la parfaite exécution des prescriptions sanitaires édictées

par les Conseils d'hygiène et de salubrité des trois dépar-
tements (Alger, Oran, Constantine).

« Initiative, indépendance, contrôle, voilà effectivement
les trois facteurs indispensables de tout fonctionnement
progressif d'un Service de l'hygiène publique. »

Le bien fondé de ces principes, aussi sages que pra-
tiques, a été démontré d'une façon péremptoire par
l'émigration, en Algérie, des Alsaciens-Lorrains après nos
désastres de 1870-71.

Grâce à l'activité et à la sollicitude d'un Comité
supérieur composé d'hommes de cœur et d'intelligence,
les conditions de l'émigration, et de la colonisation,
ont été réglées d'avance dans leurs détails les plus muni-
tieux.

Les familles ont été successivement dirigées sur les
localités les plus salubres des trois provinces. Selon les
circonstances, elles ont été disséminées dans les centres
existants, ou installées dans des villages de nouvelle
création.

Toutes les mesures financières et hygiéniques, ont été
prises de manière à profiter utilement des leçons du
passé, et des préceptes de la Science moderne.

L'œuvre humanitaire de l'initiative individuelle a su se
concilier promptement l'appui de l'Administration, et ces
deux forces puissantes réunies dans une même pensée de
bien-être et de prospérité, sont les garanties les plus certaines du succès et du triomphe.

VI

Avant de clore cette étude médico-hygiénique, que je
me suis efforcé de rendre précise, vraie et impartiale,
sans m'aventurer sur le terrain politique, j'insisterai, une
fois encore, sur les arguments tirés de l'économie sociale
(A), et je formulerai les *desiderata* du problème en guise
de conclusions (B).

A. « Le peuple arabe meurt, écrit M. J. Vinet, il périra ! Il tombe sous les coups d'une loi supérieure à la volonté humaine, loi implacable dans ses effets, puisqu'elle ne souffre aucune exception. (Exemples : Amérique du Sud, Tunisie, Algérie.)

» Cette loi, qui fait disparaître les peuples arriérés, surgit dès que se créent les relations commerciales avec le monde civilisé ; et elle frappe aussi bien s'il y a colonisation comme en Algérie, que s'il n'y a pas peuplement européen comme aux Indes et en Tunisie.

» Ce qui tue le peuple arabe, ce sont ces relations fréquentes qui mettent les populations fatalistes en face des peuples à initiatives individuelles, et organisés aux affaires ; qui ouvrent aux échanges des pays dont les individus refusent de prendre les habitudes, les procédés et les institutions rendus nécessaires par ces échanges mêmes ; qui, enfin, en multipliant les rapports, multiplient aussi la fréquence des épidémies, sans que les individus veuillent accepter les règles d'hygiène, de nourriture, et de médication, enseignées par la Science moderne.

» En résumé, le peuple arabe meurt des conséquences de ses relations commerciales avec le monde civilisé. Il meurt de rester immobile dans son fanatisme et ses préjugés, quand tout progresse autour de lui. »

B. *Conclusions.*

« En présence d'une population arabe qui s'éteint, et d'une population européenne qui prospère, vivant sous des conditions climatériques autres que celles de la Métropole, il n'est pas possible d'astreindre le Français d'Algérie aux règles et aux lois qui régissent la mère patrie.

» Du jour où la colonie jouira de l'espace, de la liberté, d'institutions propres adaptées à ses goûts, appropriées à sa population hétérogène et mêlée ;

» Du jour où la population algérienne aura une main dans ses affaires personnelles;

» Du jour où tous auront l'espérance légitime d'acquérir sur le sol africain, bien-être et indépendance;

» Ce jour-là, sans aucun doute, l'émigration européenne abandonnera la route de l'océan Atlantique pour traverser la Méditerranée;

» Alors, seulement, nous pourrons saluer avec enthousiasme la constitution d'une nationalité franco-algérienne, forte, énergique et puissante! »

Dr Prosper DE PIETRA SANTA.

IMPRIMERIE CENTRALE DES CHEMINS DE FER. — IMPRIMERIE CHAIX, RUE BERGÈRE, 20, PARIS. — 15972-7-91.

PRINCIPALES PUBLICATIONS DE LA SOCIÉTÉ

(1877-1890)

N° 1. D^r DE PIETRA SANTA. *Société française d'hygiène, sa raison d'être, son but, son avenir*; broch. in-8°, 1877.

N° 5. ASSAINISSEMENT DE PARIS. Épuration et utilisation des Eaux d'égout de la ville (Presqu'île de Gennevilliers et forêt de Saint-Germain). Documents divers; broch. in-8°, 1880.

N° 9. ASSAINISSEMENT DE PARIS (les Odeurs de Paris et les Systèmes des Vidanges); broch. in-8°, 1882.

N° 11. Dr E. MONIN. La propreté de l'individu et de la maison; broch. in-8°, 1884. — 4° édition 1886.

N° 14. HYGIÈNE ET ÉDUCATION DE L'ENFANCE (de la naissance à douze ans). Réunion des trois brochures publiées après les concours de 1879-1884-1886; vol. in-8°, Paris, 1886.

N° 16. Dr BLAYAC. Une colonie scolaire (vacances de 1887; broch. in-8° avec tableaux, 1887).

N° 18. D^r DE PIETRA SANTA et A. JOLTRAIN. Les stations d'eaux minérales du centre de la France. La caravane hydrologique de septembre 1887. Vol. in-8°, illustré de 6 gravures. Paris 1888.

N° 19. D^r DE PIETRA SANTA et A. JOLTRAIN. Les stations d'eaux minérales et les stations sanitaires de la Suisse et des Vosges. La caravane hydrologique d'août 1888. Vol. in-8°, illustré de 12 gravures. Paris 1889.

N° 25. D^r DE PIETRA SANTA. Les viandes américaines. Trichine et Trichinose; broch. in-8°, Paris 1890.

IMP. CENT. DES CHEMINS DE FER. — IMPRIMERIE CHAIX. — RUE BERGÈRE, 20, PARIS. — 15974-7-91.

www.ingramcontent.com/pod-product-compliance
Lightning Source LLC
Chambersburg PA
CBHW061739180626
46818CB00006B/2681